Ye

9164

ODE

DU POETE ROUSSEAU

SUR LA PAIX,

AVEC LA LETTRE CRITIQUE

De Mr. DE LA F**

Secrétaire du Cabinet du Roi,

à Mr. LE V**,

Maître des Requêtes.

A AMSTERDAM,

Chez ETIENNE ESVELDT.

M. DCC. XXXVII.

LETTRE

DE

Mr. DE LA F**.

La même Personne mon cher Le V**, qui me fit lire, il y a deux ans, la pauvre Comédie de Rousseau, *Des Ayeux Chimériques*, vient de m'envoyer son Ode sur la Paix. Voilà un Correspondant qui veut me faire mourir d'ennui. Je veux que vous partagiez mes peines; lisez cette Ode pour votre pénitence. Finissez la Parodie, & achevez mes Notes.

NOTES DE Mr. DE LA F**.

1.

OH ! Paix, tu m'affoupis d'une langueur mor-
telle !

Pauvre Ode ! en te lifant qu'on a peu de plaifirs !

Penfes-tu qu'à Paris on te trouve fi belle ?

D'un Lecteur ennuyé fouffre au moins les foupirs.

2.

Ta Mufe bâtonnée, & fiflée, & bannie,

Hors Zoïle *Giot* * n'a point d'adulateurs.

Que t'a fait mon oreille injuftement punie ?

Tes vers froids & pefants font mes perfécuteurs.

À propos de cette feconde Strophe vous me ferez
plaifir de me dire, fi c'eft l'ambition qui eft bannie
de la Terre. Je ne le crois pas, vû le tems qui court.

Qu'eft-ce auffi que des profanateurs de la Paix ? Je
n'entends point ce langage.

3. Laif

---

* L'Abbé Giot Des Fontaines qu'on nomme à Paris l'Abbé
Zoïle homme fouvent, repris de Juftice.

ODE
SUR LA PAIX,
PAR LE POETE ROUSSEAU.

1.

OH! PAIX, aimable PAIX! se-
  courable Immortelle,
Fille de l'Harmonie, & Mere des Plaifirs;
Que fais-tu dans les Cieux tandis que
  de Cybèle
Les Sujets défolez t'adreffent leurs
  foupirs?

2.

Si par l'Ambition de la Terre bannie,
Tu crois devoir ta haine à tes Profana-
  teurs,
Que t'a fait l'Innocence injuftement pu-
  nie
De l'inhumanité de tes Perfécuteurs?

3. Equi-

3.

Laisse-là tes fredons & tes clameurs plaintives :
Fais justice à tes Vers dans les flammes brûlans,
Et jette au feu sur-tout ces Pièces fugitives
Qui firent à ton dos des affronts si sanglans.

4.

Parodiera cela qui voudra. Ces flancs de la Terre engraissez, & des débordemens de carnage, me paroissent du galimatias ; mais peut-être que j'ai tort.

5.

La Mort est donc blême ! L'epithete n'est pas noble. On dit bien dans le discours : *Ce gros visage blême* à bien l'air *d'un Coquin* ; il étoit *bien blême, quand il reçut sa sentence.* L'Aîné a dit : *l'Amour content est un peu blême.* Y auroit-il eu assez de sifflets au Parterre pour Mr. Racine, si au lieu de dire les *pâles humains*, il avoit dit les *blêmes hu-*

3.

Equitable Déeſſe, entends nos voix plaintives,

Voi ces Champs ravagez, voi ces Temples brûlans,

Ces Peuples éplorez, ces Meres fugitives,

Et ces Enfans meurtris entre leurs bras ſanglans.

4.

De quels débordemens de ſang & de carnage

La Terre a-t'elle vu ſes flancs plus engraiſſez?

Et quel Fleuve jamais vit border ſon rivage

D'un plus horrible amas de mourans entaſſez?

5.

Telle autour d'Ilion la Mort livide & blême

Moiſſonnoit les Guerriers de Phrygie & d'Argos

Dans ces Combats affreux, où le Dieu Mars lui-même

De ſon ſang immortel vit bouillonner les flots.

A 4   D'un

humains ? Quelle impertinence de mettre ce terme bas dans une Ode, où il faut s'éloigner du langage vulgaire, beaucoup plus que dans la Comédie ! Mais quels flots ont donc bouillonné du fang de Mars ? Il n'eft point parlé ici de Fleuve : que de fottifes entaffées !

6.

Voici donc le cri d'un bleffé comparé à une Armée invincible; comparaifon jufte ! Oh ! que dites-vous de ce Mars, qui s'en va à un endroit où l'on ne peut aller, à une Voûte inacceffible ? Autre trait de jugement !

7.

Si un coup d'œil fuffifoit au grand Jupiter, apparemment qu'un mot auroit pu fuffire auffi. Pourquoi faire tant parler le grand Jupiter à propos de la prife de Philisbourg ? Je me fouviens d'une Comédie Efpagnole, où Adam faifoit un grand difcours à Dieu. Le Seigneur ennuyé lui répondoit, j'ai là un Adam bien bavard, je me repens d'avoir fait l'Homme. Le Sr. Broffette a mis très mal à propos cette plaifanterie fur le compte de Mr. Defpreaux.

6.

D'un cri pareil au bruit d'une Armée
    invincible,
Qui s'avance au signal d'un Combat fu-
    rieux,
Il ébranla du Ciel la voute inacceſſible,
Et vint porter ſa plainte au Monarque
    des Dieux.

7

Mais le grand Jupiter dont la préſen-
    ce augufte
Fait rentrer d'un coup d'œil l'audace en
    ſon devoir,
Interrompant la voix de ce Guerrier in-
    juſte,
En ces mots foudroyans confondit ſon
    eſpoir.

A 5   8 ,, Va

8.

Va, trifte & vieux Auteur, va, Rimeur à la glace,
Va faire retentir ce plat vers loin de moi :
De tous les Barbouilleurs habitans du Parnaffe,
Nul n'eft à mon efprit plus ennuyeux que toi.

9.

Aviez-vous ouï dire que les Tigres aimaffent les
embrafemens & les remparts abattus ? Il eft vrai que
de *doux monumens de cruauté* font tres-gracieux ;
mais il me femble que le Jupiter d'Homére ne
parle point ainfi. Ce pauvre Rouffeau n'a jamais
fu un mot de Grec, cela eft beau à lui ! Il loue
toujours les Grecs qu'il ne connoît pas : dites après
cela qu'il eft méchant.

10.

Mon Dieu que ce Jupiter dit d'injures ! Oh !
celui-ci eft le Jupiter de Rouffeau.

11. Ce

8

„ Va, Tyran des mortels, Dieu bar-
bare & funefte,

„ Va faire retentir tes regrets loin de moi:

„ De tous les habitans de l'Olympe célefte

„ Nul n'eft à mes regards plus odieux
que toi.

9

„ Tigre, à qui la pitié ne peut fe faire
entendre,

„ Tu n'aimes que le meurtre & les embrafemens :

„ Les remparts abattus, les Palais mis
en cendre

„ Sont de ta cruauté les plus doux monumens.

10

„ La Frayeur & la Mort vont fans cef-
fe à ta fuite,

„ Monftre nourri de fang, cœur abbreu-
vé de fiel,

„ Plus digne de régner fur les bords du
Cocyte,

„ Que de tenir ta place entre les Dieux
du Ciel.   A 6   11 „ Ah!

11.

Ce Jupiter , qui d'un coup d'œil fait rentrer tous les Dieux dans le néant, fouffre que Mercure délivre Mars, malgré lui, cela eft très-conféquent, Vraye Logique de Poëte!

12.

Strophe toute neuve , & point profaïque ; *pour toujours & jamais* y font un très-bel effet.

13.

Cet *aimable Paix* toujours répété ne fait pas bénir la fécondité du Rimeur; mais j'aime affez que Jupiter appelle Mars, *fils de Junon*, *fils de ma Femme* il y a un grand fens caché là-deffous!

11

„ Ah! lorſque ton orgueil languiſſoit dans les chaînes

„ Où les fils d'Aloüs te faiſoient ſoupirer,

„ Pourquoi trop peu ſenſible aux miſé-res humaines

„ Mercure, malgré moi, vint-il t'en déli-vrer!

12

„ La Diſcorde dès-lors avec toi dé-thrônée

„ Eût été *pour toujours* réléguée aux En-fers,

„ Et l'altiére Bellone au repos condam-née

„ N'eût *jamais* exilé la PAIX de l'Uni-vers.

13

„ La PAIX, l'aimable PAIX, fait benir ſon Empire,

„ Le bien de ſes Sujets fait ſon ſoin le plus cher:

„ Et toi, fils de Junon, c'eſt-elle qui t'inſpire

„ La fureur de régner par la flamme & le fer.

A 7   14 Chaſ-

14.

Une Paix *chaſte* , un *Sceptre* qui rend la Terre féconde en *délices*, un autre *Sceptre* qui fait régner des *cris*, & le Maître du Mondé qui diſcerne le prix de la chaſte Paix, & du fier Mars : allons, Gacon, Pellegrin, Danchet, je vous le donne en mille, faites quelque choſe de plus mauvais.

15

Mais pourquoi donc Phébus, à ta Muſe enragée,
Refuſe-t-il toujours les ſecours de ſes mains ?
*Mon pere fit bien mieux : ton échine affligée
Souffrit le digne prix de tes Couplets malins.

16.

Je t'entends. Tu voudrois que des vœux unanimes,
Puſſent du Parlement appaiſer le courroux;
Avant que la Juſtice ait expié tes crimes,
Il ne t'eſt pas permis d'habiter parmi nous.

17

Témoin la Moyſade & les Epigrammes contre la
Re-

* Feu Mr. de la F **, Capitaine aux Gardes,

14

Chaſte PAIX, c'eſt ainſi que le Maître du Monde,

Du fier Mars & de toi, fait diſcerner le
prix :

Ton Sceptre rend la Terre en délices féconde,

Le ſien ne fait régner que les pleurs &
les cris.

15

Pourquoi donc aux malheurs de la Terre affligée,

Refuſer le ſecours de tes divines *mains ?*

Pourquoi, du Roi des Cieux chérie &
protégée,

Céder à ton rival l'Empire des Humains ?

16

Je t'entends. C'eſt en vain que nos
vœux unanimes

De l'Olympe irrité conjurent le courroux ;

Avant que ſa Juſtice ait expié nos crimes,

Il ne t'eſt pas permis d'habiter parmi
nous.

17

Et quel Siècle jamais mérita mieux ſa
haine ?   Quel

Religion, témoin les *Gloria Patri* des Pſaumes, &
tant de traits à la louange de la Sodomie & de la
Beſtialité, imprimés par l'Auteur même.

18

On appelle Janus, *Biſrons*, au double front, je
ne ſai ſi l'on peut donner ce ſurnom à la Fraude, je m'en
rapporte entiérement à Rouſſeau ſur cette matiere.

19

Le Blaſphême, la Moyſade, les Epigrammes or-
duriéres, &c. ſont donc le *Dieu fatal* qui met aux
Rois les armes à la main, &, qui pis eſt, la haine
dans le cœur.

20

De qui cet ordre eſt-il indépendant ? Eſt-ce des
horreurs de la Guerre, ou des douceurs de la Paix?
Eſt-ce un ordre indépendant des douceurs, qui détermine le choix, ou un ordre indépendant... qui
détermine le choix des douceurs ? Eh mon ami
par-

Quel âge plus fécond en Titans orgueil-
 leux ?
En quel tems a-t-on vu l'impieté hautaine
Lever contre le Ciel un front plus four-
 cilleux ?

18

 La peur de ses Arrêts n'est plus qu'une
 foiblesse :
Le Blasphême s'érige en noble liberté,
La Fraude au double front en prudente
 sagesse,
Et le mépris des Loix en magnanimité.

19

 Voilà, Peuples, voilà ce qui sur vos
 Provinces.
Du Ciel inexorable attire la rigueur.
Voilà le Dieu fatal qui met à tant de
 Princes
La foudre dans les mains, la haine dans
 le cœur.

20

Des douceurs de la PAIX, des horreurs de la Guerre
Un ordre indépendant détermine le
 choix.
C'est le courroux des Rois qui fait armer
 la Terre,

      C'est

parle François au moins !

21

Bien plat.

22

Plus plat.

23

Plus plat encore.

Pourrois-tu bien fentir, un repentir fincére ?
De ton Ode infipide avoir quelques regrets ?
Du Lecteur ennuyé crains la jufte colére,
N'écris plus, cache-toi, ce font-là nos Decrets.

24 Amen.

C'eſt le courroux des Dieux qui fait armer les Rois.

21

C'eſt par eux que ſur nous la ſuprême
Vengeance
Exerce les fleaux de ſa ſévérité,
Lorſqu'après une longue & ſtérile indul-
gence
Nos crimes ont du Ciel épuiſé la bonté.

22

Grands Dieux! Si la rigueur de vos
coups légitimes
N'eſt point encor laſſée après tant de
malheurs,
Si tant de ſang verſé, tant d'illuſtres vic-
times
N'ont point fait de nos yeux couler aſ-
ſez de pleurs,

23

Inſpirez-nous du moins ce repentir
ſincére
Cette douleur ſoumiſe, & ces humbles
regrets,
Dont l'hommage peut ſeul en ces tems
de colére
Fléchir l'auſtérité de vos juſtes Decrets.

24 Echauf-

24

Amen.

25

Plus plat que jamais, Ah pauvre homme! Pauvre homme!

26

J'aime à voir un *moment* qui chaque jour *s'avance*,
C'eft un joli voyage : & nos vœux exaucez
Du grand *Fleury* fur-tout aiment la providence ;
Il veille, & moi je dors. Ah! Rouffeau, c'eft affez.

27

Encore! Ah! miférable, ès-tu payé par les Enne-
mis de l'Etat pour donner de l'*Opium* à la Cour?

28 On

24.

Echauffez notre zèle, attendriffez
    nos ames,
Elevez nos efprits au célefte féjour;
Et rempliffez nos cœurs de ces arden-
    tes flâmes
Qu'allument le Devoir, le Refpect, &
    l'Amour.

25

Un Monarque vainqueur, arbitre de
    la Guerre,
Arbitre du deftin de fes plus fiers rivaux,
N'attend que ce moment pour pofer fon
    tonnerre
Et pour faire ceffer la rigueur de nos
    maux.

26

Que dis-je ? ce moment de jour en
    jour s'avance :
Les Dieux font adoucis, nos vœux font
    exaucez :
D'un Miniftre adoré l'heureufe Provi-
    dence
Veille à notre falut; il vit, c'en eft affez.

27

Peuples c'eft par lui feul que Bellone
    affervie
Va fe voir enchaîner d'un éternel lien.

C'eft

28.

On confomme une affaire, l'on remplit un vœu.
Quand, par exemple, un Criminel eft puni par les
Juges, c'eft une affaire confommée ; quand un fripon,
ou un ennuyeux eft retranché de la Societé, les vœux
des honnêtes gens font remplis.   Quand on fait de
mauvais vers, on en recueille des fiflets pour tout
fruit ; mais on ne peut pas dire qu'on recueille le
fruit de fes vœux.

29

Grace au ciel elle eft donc finie
Cette Ode, où régne tant d'ennui !
Ah ! qu'on m'étrille comme lui,
Si je la relis de ma vie.

Fin de la Parodie, & des Notes
fur l'Ode fur la Paix.

C'eſt à votre bonheur qu'il conſacre ſa vie.

C'eſt à votre repos qu'il immole le ſien.

28

Revien-donc; il eſt tems que ſon vœu ſe conſomme,

Reviens, divine PAIX, en recueillir le fruit :

Sur ton Char lumineux fais monter ce grand Homme,

Et laiſſe-toi conduire au Dieu qui le conduit.

29

Ainſi du Ciel calmé rappellant la ten-dreſſe

Puiſſions-nous voir changer par ſes dons ſouverains

Nos peines en plaiſirs, nos pleurs en al-légreſſe,

Et nos obſcures nuits en jours purs & ſerains.

Fin de l'Ode ſur la Paix.

RÉP.